우울에는 도돌이표가 찍혀있지

KB063561

목차

그러니 웃고 있었겠지

내일의 나를 희망했다

구원되기까지

부탁이니까 웃을 수 있게 해줘

살아남아 다행이다

나는 여기 머무를테니

지하 300층에 갇혔다

내일의 오늘은

실패작 '이소한'

얼마나 거대하든

꿈과 현실의 경계선에서

자유란 애초에 존재하지 않는다

독자평

유지혜 @gamjagoal

문장 문장이 저를 울려요. '불행으로부터 도망쳐 우울
로 숨어들었다는 표현이 말로 표현하기 힘든 감정을
자아내요. 이 책은 글에 표정이 있는 것 같아요.
작가님의 이야기이기도 하지만 제 이야기이기도 했고
또 다른 누군가의 이야기이기도 했어요.

보라미 @book_borami

작가님의 마음이 진심으로 느껴지는 책이었어요. 저도 우울한 편이라 '우울에서 빠져나오고 싶지만 헤어 나올 수 없는 마음'에 깊이 공감했어요.
우울함 속에 살아가는 이들에게 희망과 위로가 될 책이에요.

우울은 나를 짓밟고
불안은 나를 삼켜

다시 술을 마시고, 다시 담배를 피운다. 나는 내가 왜
이 모든 유혹에 휩싸였는지 모르고 이제는 알고 싶지
도 않다. 사는 건 여전히 엉망이고 마이너스 통장은 다
시 마이너스가 되었고, 나의 우울은 플러스가 되었다.

괜찮아지지 않을 매 순간에 죽음을 꿈꾼다. 살고 싶은
마음과 싸움이 일고 매번 비기고 만다. 언제쯤 끝날까.
언제까지 반복될까. 이제는 지쳤는데.

불안은 끝이 없고 우울은 벽을 넘지 못하고 나는 주저앉았다. 일어설 기운도 없고 앞으로 나아갈 수도 없다. 되돌아 갈 수도 없고 멈춰있기도 버겁다.

시간은 쉼이 없고 나는 멈춰있고 다른 이들은 나아가고 점차 나아지는데 나는 절망으로 나락으로 점점 밀려나고 우울은 나를 짓밟고 불안은 나를 삼켜. 나는 나아가지도 못하고 나아지지도 못하는데 그럼에도 미련은 겹겹이 쌓여 숨이 모자라 답답하기만 하다.

힘에 겨워서 불안과 우울에 잠식당한 채 눈물만 나고, 술을 마시고 담배를 피고 그러고 나서 나는 무엇을 해야할까.

나는 안도했을까 절망했을까

가슴이 답답하고 눈물이 울컥 나도 불안에 숨을 쉴 수 없어도 이 숨을 그냥 멈춰버리고 싶어도 모든 걸 그만하고 싶어도, 그래도 아직은 살아있으니까 살아보려고 하는데 그게 내 마음처럼 되지가 않았다.

이렇게까지 살아야 하는 걸까, 그런 회의감이 들었다. 구질구질하고 구차한 삶. 어디에서도 어디에도 도움이 되지 않는데 무엇도 하고 싶지 않고 누구도 만나고 싶지 않은데 불행만을 피워내는 나인데, 그런 생각들에

몇 번의 충동을 느꼈다.

그렇지만 매번 그렇듯 오늘도 살아남았다. 나는 안도

했을까. 절망했을까.

오늘의 나를 고대하며
내일의 나를 죽여

나는 텅 비었는데 아무것도 없는데 내일은 뭐라도 채
워질까. 기대가 없다. 불안을 불러올까. 우울을 불러들
일까. 무기력에 다시 숨을까. 텅 비어버린 나를 채울
방법을 그것 말고는 모르겠다.

"저는 더 나아졌어요. 선생님 저는 일상을 찾았어요."
그렇게 말하고 싶다. 그러고 우울을 불러들이자. 자꾸
만 그런 생각을 한다.

오늘 아침은 공허하고도 허망했다. 의미를 찾는 병에 걸려 의미를 찾는데 어디에도 의미는 없었다. 의미가 없는 삶의 필요를 생각했다. 의미가 없는데 필요는 있을까. 의미가 없으면 필요조차도 없는 건 아닐까. 내가 필요가 있나. 내 삶이 필요한가.

오늘의 나를 고대하며 내일의 나를 죽여, 나는 괜찮아져야지. 땅을 딛고 일어서야지. 이 세상에서 사람들의 틈속에서 희망을 찾고 의미를 찾지 않고 살아가야지. 오늘도 그리고 내일의 오늘도 끊임없이 살아가야지. 그렇게 다짐했다.

그래도 그럼에도 살아있자

집에 머무는 시간이 길어질수록 외로워졌다. 공허한 그 시간에 잠식당한 채 울적해하고는 했다. 그래서 무언가를 해야겠다는 마음이 들었다.

백팩에 짐을 꾸역꾸역 밀어 넣고 집을 나섰다. 겨울의 하늘은 여전히 어두웠고 터미널로 향하는 버스에는 사람이 꽤 많았다. 다들 어디를 가는 걸까. 무엇을 위해 이토록 열심히 사는 걸까 상념에 잠긴 채 멍하니 있었다.

뭐가 됐든 잘 해내고 싶었다. 우울이 찾아오고 무기력이 다시 찾아오더라도 이전처럼 휩쓸려버리지 않도록 방패하나쯤은 만들어두고 싶었다.

가방끈을 움켜잡고 버스에서 내려 부산으로 가는 고속버스에 올랐다. 술에 취해 인사불성이 된 아저씨가 앞자리에 앉았다. 지독한 술냄새에 과거가 훅 들어왔다. 나도 한때는 그럴 때가 있었지 하는 생각에 조금 씁쓸해졌다.

무거운 가방을 메고 숙소로 향했다. 어깨를 짓누르는 무게에 터덜터덜 걸었다. 계단을 오르고 잠시 머물 공간 안으로 들어섰다. 낯선 곳. 이곳에 계속 머무는 건 어떨까.

서울을 버린다면 나는 괜찮아질 수 있을까 생각하며 그곳에 잠시 있었다. 아무것도 하지 않고 그저 있었다. 여행이 아닌 쉼이었다.

하루하루 버티며 살아내자. 나는 그럴 수 있을 것만 같았다. 사는 게 지쳐도 괜찮다고. 원래 사는 건 불행한 거라고. 행복을 꿈꾸는 대신 불행을 기반으로 살아보자고. 불행에 잡아 먹히지 않는다면 살아낼 수 있을 것 같으니 살아내자고. 하루하루 그저 살아 있자고. 그런 다짐들을 하며 나는 죽지 않아서 살아남아서 다행이라고. 그렇게 믿기로 했다.

살아남아 봄을 맞이해야지

요즘 새벽 6시가 조금 넘으면 눈이 떠진다. 일어나지도 않고 침대 위를 뭉그적대며 누워 눈만 깜빡이는 게 다지만 의지와 상관없이 잠에서 깨어난다.

'조금만 더 힘을 내도 될까?' 침대에 누워 천장을 보며 내가 나에게 물었다. 두꺼워진 외투에 기운이 흡수되듯 겨울이 오면 모든 것이 소진되어 버린다. 하고자 하는 의지도 하고 싶어지는 의욕도 몸의 기운도 마음의 기분도 텅 비어버린다. 그리하여 나는 나에게 또 물었다. '무엇을 할까?' 하고.

비가 그치고 갑자기 추워졌다. 추운 겨울을 맞이하며 고구마를 구웠다. 뜨거운 군고구마가 손바닥을 데우고 차가운 바람이 손등을 얼린다. 겨울은 싫지만 눈이 오는 겨울이 좋은, 죽고 싶지만 온전히 살고 싶은 양극점에 있는 내 마음 같았다.

겨울의 시작점에서 힘을 내어본다. 이번 겨울도 살아남아 봄을 맞이해야지. 그렇게 살아내어 칭찬을 받아야지. 그런 생각들이 머릿속을 차례로 지나갔다. 겨울의 무게에 짓눌린 기분이 한결 나아졌다.

오늘 하루도 온전히 주웠다

엄마와 함께 차를 타고 바깥으로 향했다. 불안이 슬금
슬금 고개를 내밀었다. '역시 바깥은 싫어.' 그런 생각
으로 멍하니 차에 앉아있었다. 사람들의 틈에 섞여 들
어가는 나에게 불안이 차곡차곡 쌓였다.

나는 살아왔지만 살아내지 못했고 시간의 흐름에 편
승하지 못했다. 떠밀리듯 살아버린 나라서 지금껏 살
아온 인생 따위 의미가 없어서 이제부터는 의미를 부
여하고 싶었다. 의미를 찾아내겠다. 내부에서 찾지 못

한다면 외부에서라도 찾아야겠다. 그런 다짐 같은 것
을 했다.

카페에 앉아 음료와 내가 좋아하는 푸딩을 주문했다.
엄마는 푸딩은 별로라고 했지만 나는 커스터드 푸딩
을 주문했다. 내가 좋아하니까 어김없이 먹고야 만다.
이기적인 걸까. 조금은 이기적이어도 될까.

불안이 나를 헤집는다. 그 틈에 우울은 내 의지와 상
관없이 차오른다. 어느 날은 짜증이 되기도 하고 공허
가 되기도 하고 눈물이 되기도 하는 우울이 버거워지면
다 놓아버리고 싶어 지는데, 그럴 때마다 엄마를 생각
한다.

비록 우리는 서로에게 불행을 안겨주는 애증의 관계이
지만 그럼에도 살아가는 이유가 되고는 한다.

무언가를 하기 위해 목적을 가지고 바깥에 나가는 게

쉽지 않은 요즘, 엄마의 품에서 바깥으로 향한다. 드라이브를 가고 카페에 가고 맛있는 것을 먹으며 오늘 하루도 버텨냈다. 나는 오늘도 살아남았다. 오늘 하루도 온전히 주웠다.

그러니 웃고 있었겠지

조용한 버스에 혼자 앉아 있었다. 흐린 유리 너머로도 어김없이 세상은 비쳐 보였다. 조금 흐릿하지만 어때, 선명하기만 한 인생이 어디에 있을까. 조금은 흐릿해도 흐린 마음으로도 살아낼 수 있겠지, 그런 생각이 들었다.

흐릿한 나여도 괜찮았다. 괜찮아야 했다. 아무리 뒤져봐도 행복이 없고 두려움만 그득해도 흐려서 그런 것뿐이라며 잘 보이지 않아 착각일 거라며 오히려 날 다독일 수 있었다.

행복이 있겠지. 지독하게 불행했던 어린 기억 속의 내
가 앨범 속 사진에서는 웃고 있더라. 행복했던 날이 존
재했겠지. 그러니 웃고 있었겠지. 내일 이후의 나에게
도 행복이 분명 있겠지. 그러니 겁먹지 말자. 오늘은 울
어도 내일은 웃을 수 있겠지.

내일의 나를 희망했다

'나는 늘 과거에 살아.'

언제부터였을까. 내일을 기대하고 고대하며 살아왔었
던 내가 과거에 얽매여 과거에 살았다. 불안하고도 지
독했던 죽고 싶어 발버둥 쳤던 과거가 분명 지나갔었
는데, 그래서 오늘을 살고 내일을 기다렸는데 왜 과거
가 내게 다가와 나를 과거에 처박아 두었을까.

과거의 내가 안쓰러워서 울었던 날이 오늘이 된 어느

날부터 나는 과거에 살기 시작했나 보다. 나아가지도 못하고 오늘에 머물지도 못한 채. 그럼에도 견뎌내며 꾸역꾸역 살았는데 살 수가 없어졌다. 나를 놓아버리고 싶었다.

그런 내가 정신과를 다니면서도 사는 것에 의미를 찾고 의미가 없다며 울었다. 선생님에게 약을 먹어도 왜 괜찮아지지 않냐고 따지듯 묻고는 했다.

바로 괜찮아지는 게 아니라고 나를 향해 몇 번이고 말해 주었던 선생님의 말이 그때는 들리지 않았다. 머릿속으로 들어오지가 않았다. 나는 그렇게 절망했다.

그리고 괜찮아지고 나빠지고 그 반복의 끝에 내가 내일을 찾기 시작했다.

죽고 싶었던 어제는 흘러가게 내버려 두자. 그런 생각을 하며 오늘에 머물기 위해 생각을 지웠다. 내일을 기

다리며 내일의 나를 희망했다. 내일의 내가 웃고 있을

것만 같았다.

구원되기까지

밤이 되었고 다짐은 늘어났다. 나는 힘을 내겠다. 누가 뭐라 해도 나는 나를 믿겠다. 타의든 자의든 외톨이로 사는 내가 세상으로, 사람들의 틈으로 나아가겠다.

우울에 지지 않겠다. 나아가고 나아지겠다. 다짐에 다짐을 거듭하며 한 시간 두 시간, 시간은 자꾸만 흘렀다. 한잔 두 잔, 술잔이 쌓였다.

내가 나에게 해 줄 수 있는 것을 찾기로 했다. 내가 좋아하는 것을 안겨주기로 했다. 나는 나를 필요로 할 것이고 나를 이끌어 가겠다. 마음이 우울을 불러들여 진창에 처박히더라도 진흙을 씻어 낼 여유를 갖겠다.

나는 나를 좋아해 주기로 했다. 그러하니 이곳이 더없는 나락이라고 하더라도 나는 괜찮다. 나락이라도 아름다울 수 있다고 즐거울 수 있다고 그러하니 나는 이곳에서도 웃을 수 있어야 했다.

부탁이니까 웃을 수 있게 해줘

'아주 조금만 행복한 시간을 허락해 줘. 내가 웃을 수
있게.'

시간의 흐름이 어느 순간 겁이 났다. 나는 내가 늙어간
다는 것을 받아들이기 벅찼다. 울컥 치밀어 오르는 마
음은 분노를 닮았다. 내 의지대로 되지 않는 현실에 숨
이 막혔다.

'나는 아직 아니야. 아직은'

그렇게 혼자 고뇌했다. 방법도 없는 문제에 부딪혀 헤매고 절망하고 혼란스러워했다.

언제쯤이면 웃을 수 있을까. 언제쯤이면 온전히 나를 받아들일 수 있을까. 초조해졌다.

세상이 모르게 조용히 내가 점점 옅어져 사라질 것만 같았다. 아침이 오지 않을 것 같은 불안에 떨며 잠들지 못했다. 공허한 마음에 술을 채웠고 담배 연기를 채웠다. 그럼에도 텅 빈 공허는 사그라들지 못했다.

'부탁이니까 웃을 수 있게 해 줘.'

살아남아 다행이다

'그리워.'

그리웠던 날들이 하나 둘 떠올랐다. "행복했던가." 물으면 "글쎄."라고 답하겠지만 지금 생각해 보면 그리운 날들이 있었다. 꽤 괜찮았던 날들. 행복보다 더 큰 '보통'의 날들.

죽고 싶다고 발악하던 내가 정상적인 사고를 할 수 있게 된 뒤 찾아온 그리움이란 생각보다 애틋했다. 그립

고 애절한 과거의 어느 한 지점들을 끌어모아 가슴에
담았다.

사랑을 하기도 했고, 웃기도 했고, 울기도 했던 지난날.
보통의 감정으로 보통의 삶을 살았던 날. 돌아가고 싶
어도 갈 수 없어 절절한 날. 나는 다시 그때처럼 살아
갈 수 있겠지. 그런 날들을 살며 지나치며 미래의 내가
지금의 나를 애틋해하겠지. 살아서 다행이다 안도하며
살아가겠지.

나는 살고 싶어졌다. 끔찍했던 순간들을 휘휘 저어 날
려 보내고 그저 보통의 날들만 곱씹으며 보통의 오늘
에 감사하며 내일의 나를 맞이해야지. 살아남아 다행
이다. 살아가야지 희망하며 살아내야지 소망했다.

나는 여기 머무를 테니

나는 감정에 매번 휘둘려 헤매고 방황하며 괴로워한
다.

삶에서 희로애락 모든 감정은 찾아올 테고 언제 찾아
왔냐는 듯 또 지나쳐 가겠지.

내 우울도 불안도 그럴 거라는 걸 알지만 찾아오지 않
았으면 하는 욕심이 나를 짓누른다.

때때로 찾아오는 부정적 감정에 이끌리지 말자. 내가
나를 이끌어 가자.

감정은 결국 지나갈 테고 나는 여기 머무를 테니.

지하 300층에 갇혔다

아침부터 불안에 허덕였다. 울컥 거리는 마음이 진정
되지 않았다. 해야 하는 일은 하지도 못하고 과거의 기
억이 물씬 나를 덮어왔다.

"괜찮아."

나는 언제나 나를 위해 중얼거렸다. 내가 들을 수 있게
오늘도 괜찮다고 말해봤다. 괜찮지 않아도 괜찮다는
말 외에는 할 수가 없었다.

솔직히 괜찮다고 말해주는 이 하나 없는 세상에 많이
지치고 또 질렸다. 살아가는 게 왜 이토록 힘에 겨운지
이제는 화도 나지 않았다. 괜찮다고 말하는 내가 그저
가여웠다.

채워지지 않는, 채워지지 않을 애정을 갈구하며 도망
치기만 하는 나에게 누군가는 빛이 될까 기대를 놓지
못했다. 아무도 없는 주제에 혼자 방구석에 틀어박혀
우울만 곱씹는 주제에 기대가 너무 컸다.

사는 게 고단하니까 내일도 오늘의 연장선이라면 그
건 너무 지긋지긋하니까 내일을 위해 오늘을 그만두고
싶은 생각에 사로잡혔다. 나는 또 지하 300층에 갇혔
다.

그래도 기어올라가야지. 쉼 없이 올라가야지. 손톱이
부러지고 엉망이 되더라도 나는 다시 세상으로 나아
가야지. 아무리 초라하고 비참해도 놓지 말아야지.

그런 다짐을 하면서도 압박붕대를, 모은 약을 보고 만지작 거렸다. 나는 살고 싶다고 살아내겠다고 끊임없이 갈망하며 버리지도 못할 그것들로부터 시선을 돌렸다. 손에서 놓았다. 이러한 반복 속에서 어느 날 충동은 사라지겠지. 충동에 휩쓸리지 말자고 나를 말렸다.

내일의 오늘은

올해는 24시간을 자고 일어나도 하품이 나올 것 같은 나날이었다. 감정에 치이고 치여 피로가 극심했다. 깊게 잠들 수 없어 뒤척이다 깨어난 새벽 눈물이 차올랐다.

편안한 순간이 없다는 것이 지옥 같았다. 잠을 자도 깨어 있어도 마음이 불편했다. 불안하니까 할 수 있는 것도 할 수 없게 되었고 할 수 없는 것은 인생에서 지워내게 되었다.

2023년의 끝. 2024년이 곧 시작되겠지. 단지 해가 바뀌고 달이 바뀌고 날이 바뀌는 것뿐이지만 이번에는 잘 해내고 싶었다. 누구보다 열심히 살았다고 말할 수 있었으면 했다.

많은 것을 가지지 않아도 좋은 것을 누리지 못해도 괜찮으니 내일부터는 의지가 있었으면 했고 의욕을 가졌으면 했다. 오늘이 지나 내일이 오면, 내일의 오늘은 오늘의 오늘과는 부디 다르기를 그렇게 바라고 또 바랐다.

실패작 '이소한'

집 밖으로 나간다는 것이, 사람들의 틈에 속한다는 것
이 나날이 더 힘들어진다. 집 안에만 속할 수 있다면
좋겠다. 나아가겠다고 그렇게 다짐을 했으면서 세상과
단절된 채로 있고 싶었다. 휴대폰으로만 연결된 세상
으로 충분하니까.

이러다 은둔형 외톨이가 되어버릴까 봐 겁이 나는데,
어쩌면 이미 은둔형 외톨이인지도 모르겠다. 회사를
가야지. 일을 해야지. 그리하여 돈을 벌어야지. 더 나은 삶을 살아야지. 세상에 필요한 사람이 되어야지. 그 많은 생각들이 우울을 불러들인다. 나아가지 못하는 나에게 실망하며 나를 옭아매고 나는 나를 두둔하지도 못한 채 책망한다.

왜 이렇게 태어났을까. 나 하나도 벅차서 이렇게 울고만 있는데 내가 세상 어디에 필요할까. 나를 필요로 하기는 할까. 생각의 끝에서는 내가 한심해서 나를 버리고 싶어 지는데 그것조차 쉽지 않아 나는 절망한다. 나락으로 더 깊은 나락으로 떨어져 내리는 나를 보면 숨이 막혀 온다.

'살아가야지.'
다짐만 수천번, 달라지는 건 아무것도 없다. 괜찮다고 달래는 것도 이제는 지쳤고 나아가겠다는 말이 거짓이 되어버린 지금 나는 우울에 잡혀 더더욱 움직일 수가 없다.

사람들은 어떤 마음으로 살아갈까. 어떤 마음이길래 살아갈 수 있을까. 나는 숨을 쉬는 것도 버거운데 다른 사람들의 행복은 어디서 오는 걸까. 어떻게 나아갈까. 왜 그렇게 쉬워 보일까.

그들에게도 우울이, 불행이, 절망이 찾아올까. 그럼에도 그것이 아무것도 아닌 것처럼 느껴질까. 나만 힘에 겨워 절절매며 징징거리고 있는 걸까.

삶이 뜻한 대로, 내가 설정한 방향대로 흐르지 않고 나는 계속 방향을 잃고 헤매고 있는데 경로를 이탈했다는 경고음이 시끄럽게 울려대는데 그들에게는 들리지 않는 걸까. 들려도 무시할 수 있는 걸까.

나는 지금 이 순간 지쳤다고 말하는데 그들은 어떤 말을 하고 있을까. 다른 사람들의 삶을 들여다보면 그래서 그들이 어떻게 사는지 알게 되면 나도 그들처럼 올곧게 살 수 있을까. 어떤 삶을 살아야겠다 결정하고 그

길로 끊임없이 나아갈 수 있을까.

"살고 싶지 않아."
나는 내 말을 듣지 않는다.

"죽고 싶어."
들리지 않는 척한다. 그저 살라고 되뇌기만 한다.

괜찮아지지 않는, 괜찮아질 수 없는 우울에 지고 싶다.
이제 그만 거짓된 말들을 내려놓고 편해지고 싶다. 그
럴 수 있다면, 나는 생각을 흩어낸다.

"그러지 말자."
그렇게 말하며 오늘도 살아내려 발버둥 치고 발악하
며 살아내겠다 소망한다. 살아내야지. 오늘이 끝이 아
니어야지. 오늘도 오늘 이후의 오늘들도 살아야지. 힘
을 내야지. 울지 말아야지. 지치지 말고 지겨워하지 말

43

고 그만 징징거려야지.

우울과 불행과 절망이 어느 날은 나를 억누르고 또 어
느 날은 그 한가운데로 질질 끌고 가는데 쉼도 없이 그
것들은 나를 괴롭히는데 살기 위해 발버둥 치다 보면
모든 것이 소진되어 버리는데 그걸 알면서도 나는 나
에게 쉼도 주지 않고 살라고 말한다.

오늘도 부디 살아내기를. 살아야 할 이유도 의미도 필
요도 가치도 없이 숨만 쉬더라도 여기 머물러야지. 마
침표는 아직 찍지 말아야지.

얼마나 거대하든

별 볼 일 없는 아주 사소한 행복이더라도 행복한 나를 기다리기로 했다. 언젠가 행복이 나를 뒤덮어 불행을 밀어내고 그 자리를 대신할 날을 찾겠다. 그리하여 나는 나를 행복으로 밀어 넣어 우울과 불안을 떨쳐 내겠다.

아침의 청량한 바람을 맞으며 담배 한 대를 피웠다. 이 온화한 순간도 행복이겠지. 침대 위에서 절망에 몸부림치던 내가 침대에서 일어나 옥상을 향할 수 있는 의지도 행복이 될 수 있겠지.

작의적이더라도 괜찮아.
남들이 뭐라고 수군거리더라도 괜찮아.

다른 사람의 행복이 얼마나 거대하든 상관없다. 나는
내 행복을 찾고 우울에 져 무너지는 마음으로 울지 않
겠다. 하루하루 숨겨진 행복을 찾아내야겠다. 나 스스
로 행복을 찾고 또 찾아 나는 나를 불행으로부터 지켜
내겠다.

꿈과 현실의 경계선에서

기분이 자꾸만 가라앉았다. 이유 없이 초조했고 괴로
움만 쌓였다. 괜찮다고 나를 끌어안고 다독여도 봤지
만 울컥, 눈물이 쏟아졌다.

아빠가 "엄마"하고 부르는 소리에 잠에서 깼다. 나는
현실인지 꿈인지 헷갈려서 다시 잠들지 못했고 새벽녘
에 눈만 덩그러니 뜨고는 꼼짝 못 했다.

무서웠다. 아빠가 내 이름이 아니라 할머니를 부르는

목소리가 어딘가 섬뜩했다.

꿈과 현실의 경계선에 다시 놓였다. 한동안 괜찮았는
데 꿈과 현실이 구분되지 않았다.

할머니가 돌아가셨다는 것을 얼마 전 서류 발급을 하
다 알게 되었다. 아빠가 아무리 지랄 맞아도 인연을
끊고 살았다 해도 할머니가 조금만 더 나에게 살갑게
대했더라면 장례식에 갔을 텐데 그 정도 어른은 되었
으니까 그렇게 모진 사람으로 크진 못했으니까.

오후가 되어도 기분은 나아지지 않았다. 아빠의 목소
리가 계속 맴돌았다. 뭘 해야 할지 알지 못했고 뭘 해
야 기분이 나아질지 알 수 없었다.

이대로 집에 있고 싶지 않아서 무작정 바깥으로 나가
는데 까마귀 소리가 유난히 크게 들렸고 멀쩡하던 코
트 단추가 바닥으로 떨어졌다. 얼마 걷지 않아 죽은 쥐

가 두 눈에 들어와 나는 결국 뒤돌아 집으로 향했다.

어디로 가야 할지 몰랐고 가야 할 곳도 없었고 어디든 가야 할 필요도 없었으니까 께름칙한 기분으로 집 밖에 머물고 싶지 않았다.

이것도 정신병에 일종일까. 그 생각을 하며 걸었다. 조금 흐렸던 하늘에서 눈이 내렸고 어느덧 집에 도착했다.

따뜻한 집에 들어와 침대로 파고들었다. 괜찮지 않음을 절실히 느꼈다. 나는 내가 괜찮지 않음을 알고 있고 괜찮아지지 않을지도 모른다고 생각했다.

내일은 조금만 더 괜찮았으면 부디 오늘 밤에는 아무 꿈도 꾸지 않았으면 내일의 기분이 조금만 더 나았으면 그래서 울지 않았으면 했다.

자유란 애초에 존재하지 않는다

인간이 가진 자유를 빼앗을 수 있는 건 아무것도 없다고 하지만 인간에게 자유란 애초에 존재하지 않는 게 아닐까.

어떠한 선택에서도 자유로울 수 없다. 모든 책임이 스스로에게 주어지는 이상 자유는 없다. 일로부터 자유를 얻고자 퇴사를 하는 시점에 돈에 의해 자유를 빼앗기게 되며, 돈으로부터 해방되기 위해 일을 시작하는 순간 일에 자유를 빼앗기고 만다.

그러하니 자유는 온전하지 못하다. 특히 나 같은 부류의 인간에게는 자유란 존재하지 않는다. 신경을 갉아먹는 정신병증덕에 온갖 강박과 불안에 허덕여야 하기에 하루에 1초도 자유를 느낄 수 없다. 의존적 성격 또한 한 몫하기에 스스로를 통제할 수 없다. 자유 의지가 존재할 수 없다.

모든 것을 미루어 두며 탓할 상대를 찾아내기 전에는 무엇도 할 수 없다. 거기에서 오는 영적 고통은 상당하지만 스스로를 통제하지 못하고, 스스로 결정하지 못한다.

자신이 무엇이 될 것인가에 대한 물음에 답을 찾을 수 없는 인간은 무생물과 다름없다. 살아있으나 죽은 자이며, 물건과 다름없다.

인간이 궁극적인 의지를 가지고 자유를 손에 넣고 스스로를 통제하고 결정하는 존재라고 한다면 나 같은

인간은 무가치한 존재이다. 무가치한 느낌에서 벗어날
수 없는 이유는 이미 무가치한 존재이기 때문이 아닐
까.

삶의 의미가 없다는 핑계로 불행하게도 미래의 계획
따위는 없다. 그런 태도로 일관해 오다 표류하게 되고
결국 스스로를 놓게 된다. 어떤 삶이든 알 게 뭐야 그
렇게 포기하게 되는, 끝끝내 자신에게 무관심하며 방
관하고 만다.

단순히 우울한 기분의 문제가 아니라 의미가 없다는
이유로 의지를 가지지 못하는 게 더 큰 문제가 아닐까.
앞으로 나아가고 싶고 나아가겠다 했지만, 그런 의욕
을 가지고 의지를 내 보였지만 그건 머릿속에서 만의
일이고 현실은 달라지지 않는다.

어차피 며칠 지나지 않아 다시 주저 앉을 텐데,라는 마
음이 기저에 깔려있기에 행동하지 않는다. 죽고 싶은

마음에서 고작 한 발자국 떨어져 나온 거기에서 더 나아갈 수가 없다.

평범한 불행에 도달하고 싶다

나는 나아지고 싶다. 나아가고 싶고 다시 회복되고 싶
다. 일상으로 돌아가는 게 두렵지 않은 건 아니지만.

언젠가, 가능하면 빨리 내가 모은 약을 버릴 수 있으면
좋겠다. 내 몸속에 버려지지 않았으면 했다.

그러니까 내가 나를 죽이고 싶은 마음이 더 이상 찾아
오지 않았으면 좋겠다. 끊임없는 희망과 절망의 반복
속에서 초라하고 비참할 뿐이라고 생각하는 오늘이

그리고 내일이 사라졌으면 했다.

나는 다시 조금씩 더 괜찮아지고 싶다. 프로이트의 소
망처럼 평범한 불행에 도달하고 싶다. 그 정도만이라
도 좋으니까.

불행해도 평범할 수 있잖아. 평범한 사람은 죽고 싶다
는 생각은 하지 않는다고 한다. 당연히 죽을 방법을
고심할 일도 없고.

비록 불행하더라도 평범해지면 죽어버리라고 내가 나
를 향해 말하지 않겠지. 죽고 싶다고 서럽게 울지 않겠
지. 유서를 몇 번이고 쓰는 밤 따위는 없겠지. 매일이
힘들더라도 그 안에 일말의 희망은 있겠지. 아무리 불
행하다고 해도 찰나의 행복이 있겠지.

–
평범한 불행을 영위하기 위해 나아가 볼게. 멈추거나

다시 주저앉더라도 이끌어 줘. 나는 나를 포기하지 않

을 거니까 언제가 되더라도 그 목표에 다가가 볼게. 평

범한 불행에 도달해 볼게.

이름을 바꿨다

과거를 아무리 뒤져봐도 주도적으로 살았던 내 삶이 있었던가. 무력하고도 무기력하기만 했던 과거가 떠올라 내 주위를 맴돌았다.

내 삶을 살았던 적이 없는데 앞으로 새로운 삶을 살수 있을지 두려웠다.

과거를 버리자.
그 마음으로 개명을 하기로 했다.

지독하기만 했던 자기 비하만 그득했던 과거를 내려 놓기로 했다.

필요한 서류를 챙겨서 금요일의 아침 법원으로 향했 다. 개명허가신청서를 작성하다 과거가 떠올랐다.

나는 소란스러운 교실에 있었다. 자리에 앉아 핸드폰 을 보며 내 세상에 덩그러니 나 혼자 있었다. 그런데 칵테일파티 효과처럼 나는 계속 교실 속으로 끌려들 어 갔다. 내 이름이 계속 들렸으니까.

뒤를 돌아보다 눈이 마주쳤다. 나는 '왜?'라고 입을 벙 긋거렸다. 그 애들이 웃으며 '네 이야기한 거 아니야' 라고 말하며 시선을 돌리길래 나도 다시 앞을 바라봤 다.

'지 이름이라고 잘도 알아듣네'

'아 재수 없어'

'그러니까. 지가 재수 없는 거 아나 봐'

'눈 마주쳐서 오늘 일진 더럽겠다'

키득거리며 떠드는 소리가 귓속을 파고들었다. 너나없이 떠드는 쉬는 시간의 교실에서도 그 애들의 목소리만이 뚜렷하게 들렸다.

'선배 생일 선물 사야 하는데 만원만'

'노트 좀 보여 줘'

'오늘 학교 끝나고 밥 먹으러 가자'

흔한 친구들과의 대화였지만 그 애들과 나의 관계에서는 그렇지 못했다. 돈은 절대 돌아오지 않고 노트는 쓸모가 다하면 그제야 돌아오고 같이 밥을 먹지만 그 밥은 내 돈으로 사야 했다.

나는 무엇도 빌려주고 싶지 않고 같이 먹고 싶지 않아

도 내 의사는 그 애들에게 중요하지 않았다.

미술 시간에 만든 작품은 다음날이면 망가져 있고 내 교과서와 체육복은 그 애들 손에 들려 이 반 저 반으로 떠돌았다. 돌려받기 위해 애태우며 이 반 저 반 나도 같이 떠돌았다.

머리를 맞고 뺨을 맞고 정강이를 걷어차이며 나는 그만 입을 닫았다.

눈을 깜빡이며 현실로 돌아와 종이 한 귀퉁이에 버릴 수 있는 만큼 과거를 버렸다. 얼마나 구질구질했던 삶인지 확인받듯 글로 적어내며 그렇게 과거의 나를 버렸다.

나는 이제 다른 삶을 살아야지. 삶을 기대해야지. 그 기대에 따른 실망도 내 몫이겠지만 내일 이후의 나에게 떠넘긴 채 오늘만 살기로 했다.

오늘이 지나도 오늘일 테니 내일은 생각하지 않기로 했다. 그러면 내일은 오지 않을지도 모른다고 내일의 나를 버렸다.

괜찮을 거다, 괜찮아야 한다 그렇게 중얼거리며 서류를 챙겨 들고 민원실 창구 번호표를 뽑았다.

오늘의 나는 괜찮을 수밖에 없었다. 과거를 놓고 오늘만을 붙잡고 있었으니까. 오늘부터 새로운 삶이 시작된다고 조금은 들떠있었다.

과거로부터 한 걸음 나아가야지. 과거에 걸쳐져 있던 발을 떼고 오늘로 들어섰다. 나는 잘 해낼 수 있을까 불안이 차올랐지만 그래도 괜찮다. 과거를 버렸으니 그러니 괜찮아야 한다.

나는 나를 믿어보기로 했다. 다른 이름으로 다시 태어
날 테니까 이제 앞으로 나아갈 일만 남았다고 나에게
속삭이며 과거에 기우는 나 자신을 이끌었다.

오늘은 버리지 않고 오늘에 남기로 했다.

우울의 늪

나도 모르는 사이 우울의 입구로 들어섰다. 우울은 나를 좀 먹고 그런 나를 견디지 못해 나는 지쳐갔다. 나는 나를 버리려고 했다.

'더 이상은 나도 어쩔 수가 없어.'

그렇게 포기하려고 했다. 우울은 끝도 없이 이어졌고 출구는 어디에도 없었으니까. 몇 걸음을 걸었을까. 우울로부터 벗어나기 위해 나는 몇 걸음이나 걷고는 지쳤다고 했을까.

나는 나약했다. 나를 지키기에는 힘이 없었다. 출구를 찾는 것을 그만두고 싶었는데 그러려고 했는데 그러지를 못했다.

기대를 버릴 수가 없었다. 한 걸음만, 조금만 더 그렇게 시간이 흘렀다. 괜찮지 않은 나를 못 본 척하며 방황했다.

'어느 방향으로 가야 출구가 있을까.'

나는 알지 못했다. 시간은 멈추지 않았고 내 걸음은 조금씩 빨라졌다. 우울로부터 벗어나고 싶은 마음에 조급해졌다. 벗어날 수 있을 것 같았다.

희망을 기대를 놓지 않았다. 헤매고 또 헤매다 겨우 출구를 찾았는데 문은 열리지 않았다. 분명 여기인데 어째서인지 문은 꼼짝도 하지 않았다.

나는 절망했다. 출구를 찾았는데 나갈 수 없었다. 우울은 거세게 나를 뒤덮고는 끌어당겼다. 출구로부터 멀어졌다. 우울의 한가운데에서 불안에 떨었다.

'살고 싶어.'

나는 발버둥 쳤다. 벗어나려고 나아가려고 남은 힘을 짜냈다.

'괜찮아. 다시 걷자.'

출구가 다시 보였다. 있는 힘껏 문을 열었다. 그곳은 어둠이었다. 우울보다 더한 불행이었다. 나는 불행으로부터 도망쳐 우울로 숨어들었다는 것이 그제야 생각났다.

불행은 나를 삼켰다. 어둠에 휩싸여 나락으로 더 깊은 나락으로 떨어져 내렸다. 더욱더 깊은 어둠으로 가라앉았다. 희망도 기대도 잃었다. 불행 앞에서 무너져 내렸다.

우울의 입구로 들어섰다. 나는 나를 우울에 가두었다. 가장 안락하고 안온한 우울의 품을 파고들었다.

해방될 수 있을까

끝없는 불행에 놓여있었다. 아빠가 주는 불행은 우리
모두를 힘겹게 했고 엄마가 주는 불행은 나를 좀 먹어
갔다. 나는 불행 속에 놓여 불행을 먹으며 자랐다.

살려달라는 애원이 죽여달라는 발버둥이 된 어느 날
처음으로 내 숨을 막았다. 그 날이후 나는 불행이 되
었다. 불행 속의 나는 불행이 되어 불행을 피워냈다.
아빠가 주던 불행의 빈자리에는 내가 피워내는 불행
이 들어차 가족의 불행은 나로 치환되었다.

그런 내가 죽도록 싫어 나를 죽이려 했다. 그날 새벽 죽지 못한 게 한이 되어 지금껏 죽고 싶은 마음이 사라지지 않나 보다. 점점 불어나 삶의 의지조차 갉아먹었나 보다. 괜찮아지지 않음에 허덕이며 울었다. 매일 밤을 울며 잠들었고 울며 아침을 맞았다.

그럼에도 살았다. 나는 나를 끝끝내 죽이지 못했다. 나는 나를 놓을 수가 없었다. 살고 싶은 마음이 하나도 남지 않고 다 타버린 날에도 살아남았다. 해소되지 않을 불행 앞에서 울먹이며 나를 우울 안에 던져 넣었다. 우울에 숨어 살았다.

무엇이든 어떻게든 상관없으니 벗어나고 싶었다. 살아있는 게 지독한 날이 언제쯤 끝이 날까. 희망을 곱씹으며 불행을 밀어냈지만 이미 불행이 되어버린 나를 놓지 않고는 불행으로부터 벗어날 수 없었다.

그런 나에게 우울은 불행으로부터 나를 숨겨주는 도

피처였다. 우울로부터 벗어나 불행에 맞설 수 있을까.

그리하여 해방될 수 있을까.

살아낼 수는 없을까

토해내고 싶은 감정은 켜켜이 쌓여갔고 나는 곪아갔
다. 우울 안에서 살면서 거기에서만 살아갈 수 있으면
서도 우울을 벗어던지고 싶었다. 모두 내려놓고 도망
가고 싶었다.

살아갈 수 있는 나날이 얼마나 남았는지는 모르지만
그날들에 불행도 우울도 없이 온전한 나로 살아있기
를 원했다. 나인채로 살아 숨 쉬고 싶었다.

돌아갈 수 없는 과거에 얽매이지 않고 현재에 머무르고 싶었고 닥쳐오지 않을 미래의 불안을 끌어들이고 싶지도 않았다. 불행은 끝없이 재생산되어 내 목을 조르는데 나는 도망갈 곳이 왜 우울밖에 없을까.

나라는 존재로부터 도망가지 않고 울고 웃으며 내가 나인채로 살 수는 없을까. 내가 나를 버리지 않고 내 존재를 부정하지 않고 살아낼 수는 없을까.

지독한 서른여덟

열심히도 늙어가는 중. 영원한 젊음을 누릴 수 없음을
알지만 거울을 볼 때마다 탄식하게 된다. 거울 속 나
에게 웃어주었다. 후회가 가득 담긴 웃음에 거울 속 나
는 표정을 잃어간다.

언제 이만큼의 시간이 흘렀던가, 기억에도 없는 하루
가 모여 서른여덟의 나이가 되었다.

지독하게도 시간은 나를 끌고 가는데 나는 질질 끌려

가다 정신을 잃고는 한다. 초라하고도 비참할 내가 미래에 기다리고 있다. 그 미래의 나를 만나고 싶지 않으니 힘주어 버티다 결국에는 정신을 놓는다.

아무리 발버둥 쳐도 시간으로부터 벗어날 수 없고 나는 점점 더 늙어가겠지.

얼마큼 더 살아내야 오늘의 내가 내일의 나를 만나고 싶을까. 얼마나 더 노력해야만 내일의 내가 오늘의 나를 원망하지 않을까.

오늘보다 더 나은 내가 있을까? 오늘이 가장 나은 모습이지 않을까? 내가 살아있는 게 살아가는 게 의미가 있을까? 필요가 있고 또 가치가 있을까? 그런 생각들이 흩어지지 않고 계속 머릿속에 떠돈다.

다 그만둘까. 그만두고 싶다. 그런 마음이 될 때가 종종 있는데 그렇다고 하더라도 이 시간들이 이어졌으면

서럽게 우는 아침이 다시 오지 않았으면 좋겠다는 생각을 한다.

서른여덟의 나에게 젊음은 사치이니 그저 삶을 영위하는데 온 힘을 다하자고, 늙어가는 나에게 시간은 공평하니까 나만 늙어가는 게 아니니까 현실을 살자고, 오늘을 살아내자고, 끌려가는 건 그만하자고 말해본다.

우울에는 도돌이표가 찍혀있지

괜찮은 날이 이어지다 우울이 찾아오면 그게 더 고통
인 것 같다. 계속 우울했던 지난날은 어땠는지 잘 기억
나지 않을 만큼 괜찮음과 괜찮지 않음을 오갔다.

우울은 끝이 없다는 생각이 점점 더 확고해져 간다. 과
거로부터 벗어나려고 이만큼이나 발버둥 쳤는데 그래
서 조금 멀어진 것도 같았는데 제자리였다.

어릴 때의 기억은 재생산되어 더한 고통을 안겨준다.

엄마의 말 한마디 한마디가 되살아나 나를 찌르고 아빠의 행동 하나하나가 떠올라 나를 절망에 가둔다.

나락으로 떨어져 내린다. 우울은 나를 가만두지 않고 슬픔은 눈물을 가져온다. 아빠는 왜 그랬을까. 뭐가 문제였을까. 왜 그런 사람으로 태어나 살았을까. 엄마는 왜 아빠와 결혼했을까. 왜 나를 낳았을까.

나는 불행인데 나로 인해 행복할 이가 아무도 없었고 또 없는데 태어나지 않았더라면 좋았을 거라는 생각이 나를 가둔다. 탯줄을 목에 감지 못한 걸 후회하고 엄마가 나를 죽이는 데 실패한 걸 원망하고 스스로 죽지 못한 날을 저주한다.

나는 정말 괜찮아질 수 있을까. 도돌이표처럼 매번 이 자리로 되돌아온다. 지치고 또 지친다. 그만하고 싶다는 생각을 지울 수가 없는 날이다. 모아둔 약의 유통기한을 확인하면 초조해지는데 이게 정상일까.

다시 시작된 출근

지박령이라도 된 듯 집에서 벗어날 수 없었던 날들이
지나고 일을 시작했다. 회사라는 공간은 꽤나 차가워
서 얼어붙지만 그럼에도 힘을 내어본다. 괜찮다고, 할
수 있다고 나를 다독이며 한 걸음 나아간다.

괜찮지 않아도 괜찮아야만 하는 세상을 살면서 괜찮
지 않다고 울먹이고 괜찮다고 남을 속인다. 그런 삶을
질질 끌며 오늘에 섰다.

사람들은 나를 싫어하는 것만 같고 미움받고 있는 듯
한 착각에 빠져들지만 도망치지 않겠다고 다짐을 해
본다. 이번에는 참아보겠다고 그러한 생각들로부터 벗
어나 보겠다고, 회사를 박차고 뛰쳐나가는 대신 악귀
처럼 들러붙어 떨어질 줄 모르는 최악의 생각들로부터
회피를 꾀했다.

나는 괜찮을 수 없는 사람이니 괜찮지 않아도 괜찮다
고 나를 세뇌하며 오늘도 나아간다. 나는 그렇게 살아
낸다.

사는 건 고되고 죽는 건 무서워

무기력이 차올랐다. 기분은 한없이 가라앉고 다시 의
미를 찾는다. 괜찮아지는 사이 괜찮지 않은 순간으로
매번 되돌아가고 나는 지쳐간다. 언제쯤이면 괜찮아질
수 있을까. 괜찮아질 수 있기는 할까. 우울의 틈에 죽고
싶은 마음이 자라났다.

죽어야 할 이유를 찾기 시작한 내가 진저리 치게 싫었
다. 그럼에도 그만둘 수가 없었다. 우울은 그런 존재니
까. 공허만 가득 찬 방 안에서 벗어나고 싶었다. 욕실

문에 목을 매단 내가 더 이상 보이지 않았으면 했다.
그런 내가 더 이상 찾아오지 않았으면 하고 빌었다.

'죽고 싶어. 죽었으면 좋겠어. 내일이 기대되지 않아.'

마음은 끊임없이 내가 죽기를 종용하고 나는 도망치
듯 고개를 젓는다. 나는 살고 싶은 걸까. 죽고 싶은 걸
까. 죽고 싶은 나와 살고 싶은 나의 싸움은 격해지고
죽기 위해 모은 약을 손에 쥐고 압박 붕대를 꺼냈다.

'살고 싶어. 살아냈으면 좋겠어. 어차피 지나갈 테니.'

나는 손에 쥔 것을 다시 내려놓았다. 눈물이 났다. 죽
었으면 하는 마음이 아쉬움을 드러내며 나를 옥죄어
왔다. 살고 싶은 마음이 버거웠다. 이제 그만하고 싶다
는 우울로부터 벗어나 일상을 다시 찾을 수 있을까. 살

고 싶다는 마음이 이겨낼 수 있을까.

'사는 건 고되고 죽는 건 무서워.'

죽지 못할까 봐 무섭고 정말 죽어버릴까 봐 무섭다. 살고 싶은 마음이 죽고 싶은 마음에게 온전히 지면 무섭지 않을까. 살아내는 건 이토록 고되고 힘에 겨운데 왜 살고 싶을까. 살고 싶은 건 맞는 걸까.

우울은 늘 그렇듯 절망으로 나를 밀어 넣고 최악의 생각으로만 나를 채운다. 살고 싶은 우울과 죽고 싶은 우울이 공존하는 이상 나는 이러지도 저러지도 못하고 멈춰 선 채 나아가지 못하겠지.

생각을 멈추고 자리를 털고 일어났다. 비척대며 걸어 욕실로 향했다. 우울은 수용성이라고 누가 그랬더라.

씻고 나니 우울이 조금은 가라앉았다. 오늘은 상담이 있는 날. 한 시간 반동안 참 많은 이야기를 나누었다. 나는 내 상황이 좋지 않음을 말했으나 상담 선생님은 그 안에서 좋은 점을 끄집어냈다.

"이것 봐요, 소한씨. 소한씨는 …할 수 있는 사람이에요.'라고 끝없이 말해주었다. 나는 고개를 끄덕이면서도 혼란스러웠다. 맞는 걸까 라는 의심은 지워지지 못했지만 반박하지 않았다. 그저 맞겠거니 고개만 끄덕였다.

상담이 끝나고 조금은 기분이 나아졌다. 쏟아낸 말의 무게만큼 가벼워졌다. 우울은 그렇더라. 정말 죽을 것 같다가도 사소한 하나에 사그라들더라. 나는 그렇더라. 그러니 나는 여기 있겠지. 죽지 않고 살아가겠지. 그러니까 살아가야지. 우울이 나를 끌어당겨 결국 끌려가더라도 다시 제자리로 돌아와 여기 머물러야지.

무력감은 자취를 감추고 기대되지 않던 내일을 기다리며 오늘 하루도 잘 이겨내었다. 나를 기특하게 여기며 오늘을 이어가 내일을 살아야지. 내일도 살아야지. 그렇게 바라며 우울을 밀어내었다.

아침이 왔어

애달프고 애틋했다. 나 자신이 그랬다. 서글프고 서러
웠다. 내가 그랬다. 나는 늘 부정적인 감정에 짓눌려
살았다.

안쓰럽고 가여웠다. 어린 내가 그랬다. 아프고 슬펐다.
어린 나를 보는 내가 그랬다. 과거의 내가 찾아와 울면
다독이지도 못하고 나도 함께 울었다.

그렇게 눈이 퉁퉁 부어오를 만큼, 눈이 뻑뻑해 제대로

뜨기도 힘들 만큼 울고 나면 과거의 내가 사라졌다. 같이 울어주는 것만으로도 위로를 받았을까.

나는 내가 알려줄 테니 얼른 돌아가 죽어버리라고 말했는데 그 말이 나를 쿡쿡 찌른다. 잘못했다고 미안하다고 그렇게 사과하고 싶은 것은 내가 낫고 있다는 반증일까.

'나는 과거로부터 한 걸음씩 멀어지고 있나 보다.'
그런 생각이 들었다.

"더 이상 울지 마."
내가 말했다. 어린 나에게 하는 말인지 지금의 나에게 하는 말인지 모호했다.

그 아이는 들었을까. 이제 더 이상 서럽게 울지 않을까. 외로워하지 않을까. 웃으며 찾아와 줄까. 더는 나를 찾지 않을까.

"따뜻하게 품을 내어주고 눈물을 닦아주고 다독여 줄
게.
부디 아프지 마렴."
작고 작은 나를 보며 말했다.

"부디 나아가자. 너도 나도 더 이상 과거에 얽매여 울
지 말자.
우리 웃으면서 보자. 부디 그러자. 우리에게 아침이 왔
어"

자살의 유효기간

알람 소리에 눈을 떴다. 알람을 끄는 것도 사치인 아침이었다. 피곤이 덕지덕지 묻어 손끝 하나 까딱하기 버거웠다. 눈을 찡그리다 깜빡깜빡거리다 겨우 알람을 끄고 일어났다.

'왜 이렇게 사는 게 고될까.'
혼잣말을 중얼거리며 욕실을 향했다. 몇 걸음도 되지 않는 그 거리가, 손을 들어 양치를 하기가, 물을 틀고 세수를 하기가 힘겨웠다. 납덩이를 매달아 둔 것처럼 온몸이 무겁기만 했다.

'욕심의 무게였을까. 우울의 무게였을까.'

겨우 옷을 갈아입고 나와 걸었다. 무거운 다리를 옮겨 가며 걷고 또 걸어 버스를 탔다. 자리에 앉아 창문을 열었다. 햇살도 바람도 따뜻했다.

'이제 봄이구나.'

그렇게 봄의 존재를 깨달았다. "나는 나아졌나?" 나에게 물었다. 나는 "응." 그렇게 답했다. 우울은 여전히 틈을 파고들어 나를 절망 속으로 밀어 넣지만 그래도 괜찮았다. 모든 것이 다 괜찮지는 않았지만 그럭저럭 괜찮았다. 그랬다. 괜찮은 정도여도 괜찮은 나였다. 그런 생각들을 하다 버스에서 내렸다.

병원 문을 열고 들어섰다. 나를 기억해 주는 직원이 반겨줬다. 아무도 나를 기억하지 못하는 와중에도 나를 기억해 주었다. 나는 그 사소한 것 하나에도 기쁨을 느졌다.

진료실에 들어서며 선생님에게 인사를 했다. 늘 똑같이 자리에 앉아 선생님의 말을 기다린다. 나는 왜, 어째서 먼저 말을 시작하지 못할까. 하고 싶은 말을 차곡차곡 쌓아 가져와 놓고도.

나는 점점 더 괜찮아지고 있음을 알면서도 힘들었던 것들을 부각해 말했다. 더 이상 병원에 오지 않아도 될 것 같다고 할까 봐 겁을 먹었으니까. 거짓은 아니지만 과장하는 것은 사실이다. 죽고 싶은 마음은 늘 찰나였다. 의식하는 순간 흐려져 사라지고는 했고 나 스스로 지워낼 수 있는 생각의 범주에 들어섰으니까. 나는 나아졌는데 나아가고 있는데 그럼에도 병원에 가는 것을 그만하고 싶지 않았다. 선생님을 마주 보는 것이 좋아서 그 시간들이 소중해서 놓고 싶지가 않았다.

'선생님은 알고 있을까.'

문득 그런 생각이 들었다. 우울로부터 점차 벗어나 앞으로 나아가는 내 모습에 선생님은 매번 놀란다고 했다. 그렇게 말하며 웃어주는 선생님이 좋아서 더 노력하는 나를 알고 있을까. 경애의 마음으로 경탄하며 바라보는 내 눈빛을 알까.

나는 선생님을 붙들고 있고 싶다는 마음을 놓지 못한 채 진료실을 나왔다. 집으로 가는 길에는 햇살이 내려앉았다. 우울은 사그라들고 봄볕에 기분이 사르르 녹았다. 천천히 걸어 도착한 집에는 나의 동거 기니피그가 나를 기다리고 있었다. 삐익삐익거리며 나를 맞이해 주었다. 모든 순간이 기쁨이었다.

담배를 피우러 옥상을 향했다. 구름없는 하늘은 청명했고 햇살은 눈부셨다. 이름 모를 잡초는 구석 틈에서 잎을 피워내고는 봄을 알려주었다. 겨울에 뽑아 버릴까 고심했었는데 그대로 두기를 잘했다. 나에게 봄을 알려주는 잡초가 기특했다.

'살고 싶어.'

죽고 싶은 날들만이 그득했던 순간은 과거가 되었다. 자살에도 유효기간이 있나 보다 그런 생각도 했다. 버티고 버티다 보니 내 자살의 유효기간은 이제 지났나 보다. 폐기 처분되었나 보다. 그러면 내 자살의 도구들은 이제 버려도 될까. 약도 압박붕대도 버려질 수 있을까.

침대에 누워 곰곰이 생각해 보니 선생님을 붙들듯 그것들도 붙들고 있었던 것 같다. 필요는 이미 진작 사라졌었는데 놓지 못했던 것은 왜일까. 다시 찾아올지도 모른다는 불안이었을까. 아마도 그런 것 같았다. 선생님을 놓으면 내가 다시 나빠질 것만 같은 불안과 같은 선상에 놓여 있었던 것 같았다. 의식하지 못하는 사이 그것들에 의존하고 있었나 보다.

다음 진료 때는 선생님에게 물어볼까, 버려도 될지 답을 받고 싶었다. 스스로 하지 못하는 내가 한심지만 '

뭐 어떡하겠어. 이런 나인데 어쩔 수 없잖아.' 그렇게 나를 두둔했다. 예전이었더라면 이런 생각도 하지 못했겠지. 자기 비하가 심했으니까. 이런 나는 필요가 없으니 죽어야 한다고 생각하기 바빴겠지. 하나하나 들여다보면 내가 얼마나 과거로부터, 이전의 나로부터 벗어났는지 알 수 있었다.

나는 정말 나아가고 있었다. 겨울의 끝에 봄이 오듯이 나도 겨울에만 머물러 있지 않았나 보다. 그렇게 우쭐해져서는 잠을 잤다. 침대 위는 안온했고 나는 그 모든 순간들이 기꺼웠다.

아침에 눈을 떴다. 알람을 끄고 자리에서 일어나 앉았다. 해는 점점 길어져 어두웠던 아침이 밝아졌다. 창문을 열고 바깥으로 시선을 주었다. 날씨가 좋았다. 그러면 나는 봄을 만끽하러 가야지.

작가의 말

우울은 끝없이 밀려오고 불안은 저를 삼키고 절망에 휩싸이는 날은 끝끝내 울고 말아요. 누군가가 우울은 수용성이라고 했잖아요? 그래서 그런지 울고 나면 한결 나아져요. 하지만 우울은 쉽게 사라지는 것이 아니어서 매번 되돌아오는 것 같아요. 우울증 약을 1년을 넘게 넘었지만 아직 우울의 마침표는 온점이 아닌 도돌이표에요.

우울은 사라지지 않는다고, 괜찮은 날 사이에 우울이 찾아오고 만다고 의사 선생님에게 말한 적이 있어요. 그때 선생님은 단호하게 그 우울은 사라지지 않는다고 말했습니다. 세상의 모든 사람들은 우울이라는 감정을 느낄 수밖에 없으니까요.

우울증 환자의 우울도 그런 의미에서 사라지지 않는 것이겠죠. 우울증을 앓는 모든 사람들이 보통의 사람들처럼 우울이 그저 찰나에 스쳐지나 가는 감정이 되었으면 합니다. 우울의 끝에는 온점을 찍을 수 없을지

우울에는 도돌이표가 찍혀있지

초판 1쇄 2024년 4월 1일
2쇄 2024년 5월 2일

지은이 이소한
펴낸이 이소한
펴낸곳 보노로

독자 모니터링 유지혜, 보라미
표지 일러스트 만자기

출판등록 2024. 1. 2 제2024-000002호
전자우편 bonoro.books@gmail.com
인스타그램 hi.bonoro

ISBN 979-11-986267-1-4 (02810)
© 이소한, 2024 Printed in korea

몰라도 우울증에는 온점을 찍을 수 있는 날이 왔으면 좋겠습니다. 죽음이 아닌 삶의 온점을 찍는 그날까지 우리 모두 살아내기를 바랍니다.